Tucholsky Wagner Zola Scott Sydow Freud Schlegel
Turgenev Wallace Fonatne
Twain Walther von der Vogelweide Fouqué Friedrich II. von Preußen
Weber Freiligrath Frey
Fechner Fichte Weiße Rose von Fallersleben Kant Ernst Frommel
Richthofen
Hölderlin
Engels Fielding Eichendorff Tacitus Dumas
Fehrs Faber Flaubert
Eliasberg Ebner Eschenbach
Feuerbach Maximilian I. von Habsburg Fock Zweig
Ewald Eliot Vergil
Goethe London
Mendelssohn Balzac Shakespeare Elisabeth von Österreich Dostojewski Ganghofer
Lichtenberg Rathenau Doyle Gjellerup
Trackl Stevenson Hambruch
Mommsen Tolstoi Lenz Droste-Hülshoff
Thoma Hanrieder
Dach von Arnim Hägele Hauff Humboldt
Verne
Karrillon Reuter Rousseau Hagen Hauptmann Gautier
Garschin
Defoe Baudelaire
Damaschke Hebbel
Descartes Hegel Kussmaul Herder
Wolfram von Eschenbach Dickens Schopenhauer Rilke George
Darwin Melville Grimm Jerome
Bronner Bebel Proust
Campe Horváth Aristoteles
Bismarck Vigny Barlach Voltaire Federer Herodot
Gengenbach Heine
Storm Casanova Tersteegen Grillparzer Georgy
Chamberlain Lessing Langbein Gilm Gryphius
Brentano Lafontaine
Strachwitz Claudius Schiller Kralik Iffland Sokrates
Schilling
Katharina II. von Rußland Bellamy Raabe Gibbon Tschechow
Gerstäcker
Löns Hesse Hoffmann Gogol Wilde Vulpius
Luther Heym Hofmannsthal Gleim
Klee Hölty Morgenstern
Roth Heyse Klopstock Kleist Goedicke
Luxemburg Puschkin Homer Mörike
La Roche Horaz Musil
Machiavelli Kierkegaard Kraft Kraus
Navarra Aurel Musset
Nestroy Marie de France Lamprecht Kind Kirchhoff Hugo Moltke
Laotse Ipsen Liebknecht
Nietzsche Nansen Ringelnatz
Marx Lassalle Gorki Klett Leibniz
von Ossietzky May vom Stein Lawrence Irving
Petalozzi Knigge
Platon Pückler Michelangelo Kafka
Sachs Poe Liebermann Kock
Korolenko
de Sade Praetorius Mistral Zetkin

Der Verlag tredition aus Hamburg veröffentlicht in der Reihe **TREDITION CLASSICS** Werke aus mehr als zwei Jahrtausenden. Diese waren zu einem Großteil vergriffen oder nur noch antiquarisch erhältlich.

Symbolfigur für **TREDITION CLASSICS** ist Johannes Gutenberg (1400 — 1468), der Erfinder des Buchdrucks mit Metalllettern und der Druckerpresse.

Mit der Buchreihe **TREDITION CLASSICS** verfolgt tredition das Ziel, tausende Klassiker der Weltliteratur verschiedener Sprachen wieder als gedruckte Bücher aufzulegen – und das weltweit!

Die Buchreihe dient zur Bewahrung der Literatur und Förderung der Kultur. Sie trägt so dazu bei, dass viele tausend Werke nicht in Vergessenheit geraten.

Austriaca in Prosa und Versen

Anton Wildgans

Impressum

Autor: Anton Wildgans
Umschlagkonzept: toepferschumann, Berlin

Verlag: tredition GmbH, Hamburg
ISBN: 978-3-8472-7094-2
Printed in Germany

Ziel der TREDITION CLASSICS ist es, tausende deutsch- und
fremdsprachige Klassiker wieder in Buchform verfügbar zu
machen. Die Werke wurden eingescannt und digitalisiert. Dadurch
können etwaige Fehler nicht komplett ausgeschlossen werden.
Unsere Kooperationspartner und wir von tredition versuchen, die
Werke bestmöglich zu bearbeiten. Sollten Sie trotzdem einen Fehler
finden, bitten wir diesen zu entschuldigen. Die Rechtschreibung der
Originalausgabe wurde unverändert übernommen. Daher können
sich hinsichtlich der Schreibweise Widersprüche zu der heutigen
Rechtschreibung ergeben.

Text der Originalausgabe

Anton Wildgans

Gesammelte Werke. Fünfter Band:
Musik der Kindheit / Austriaca

1930 L. Staackmann Verlag, Leipzig

*

Austriaca in Prosa und Versen

Rede über Österreich

verfaßt für die Schwedisch-Österreichische Gesellschaft in Stockholm zur Republikfeier am 12. November 1929.

Meine Damen und Herren!

Wenn ich heute die Ehre habe, zu Ihnen als Vertreter österreichischen Kultur- und Geisteslebens zu sprechen, so tue ich dies als der Abgesandte eines Landes, welches nur mehr ein kleiner Teil jenes großen Reiches ist, das noch vor etwas mehr als einem Jahrzehnte die geographische Mitte unseres Weltteiles bildete. In seinem Westen berührte dieses jahrhundertealte Staatsgebilde die Gewässer des Bodensees, gegen Nordosten und gegen den Aufgang zu grenzten seine Gebirge, sein Steppen- und Ackerland an jene Gebiete Europas, welche die Vorlande Asiens bilden, während der Süden des Reiches über Alpen und Karst hinabreichte, einerseits bis zu den Lorbeer und Ölbaum spiegelnden Buchten des Gardasees und anderseits bis an die blauen Fluten des Adriatischen Meeres. Dieser mächtigen räumlichen Ausdehnung entsprach die geradezu phantastische Vielfalt der Völkerstämme, die das versunkene Reich bewohnten. Es waren dies Slawen, Romanen, Magyaren, und von den Slawen hinwiederum: Tschechen, Polen, Slowaken, Kroaten, Slowenen und Serben. In den Gebieten des äußersten Nordostens siedelten Kleinrussen und Rumänen; dort, wo die Grenzen des Reiches südwärts vorgeschoben waren bis in die Berg- und Küstenlande des Balkans, hausten Dalmatiner, Bosnier und Herzegowiner; in den Herzlanden dieses gewaltigen Völkerreiches aber – und wohl auch sonst die andersvölkischen Sprachgebiete vielfach durchsetzend – hielten Deutsche an der Erde fest, die ihnen seit mehr als einem Jahrtausend die Heimat bedeutete. Sie waren es auch, in deren Gebiete die Metropole des Gesamtstaates gelegen war; ihrer Sprache gehörte die Herrscherfamilie an, die das Reich jahrhundertelang, zuerst als eine Einheit und dann als zwei staatsrechtlich getrennte Hälften, regierte, und diesen Deutschen blieb schließlich auch lange genug die Aufgabe vorbehalten, das Gesetz eigener kultureller Entwicklung den in verschiedenen Graden durchzivilisierten Mitvölkern aufzuerlegen.

War somit den Deutschen im alten Österreich die kulturelle Hegemonie bis zum Ende der Symbiose unbestritten, so ging ihnen die politische seit dem Beginne des vorigen Jahrhunderts immer rascher und unaufhaltsamer verloren. Noch bis dahin hatten die Habsburgischen Herrscher zugleich auch die deutsche Kaiserwürde innegehabt, noch bis in die zweite Hälfte des vorigen Jahrhunderts gehörte Österreich dem deutschen Bunde an, dann aber wurden die staatsrechtlichen Bande zwischen den beiden mitteleuropäischen Großmächten völlig zerschnitten, und damit war auch der Rückhalt zerstört, den die Deutschen Österreichs an dem mächtigen und einheitlichen Volkstume des Reiches bis dahin gehabt hatten. Zwar war ihnen durch ein Bündnis auch weiterhin die Rolle zugedacht, den Völkerstaat, insonderheit in Gestalt seiner Streitkräfte, der deutschen Politik zur Verfügung zu halten, allein diese Aufgabe, so treu sie auch übernommen und so treu sie auch bis zum Ende erfüllt wurde, war gestellt wider den Geist der Geschichte und wider die Tatsachen eines immer mächtiger erstarkenden nationalen und demokratischen Bewußtseins. So brach denn auch dieses Konzept auf den Schlachtfeldern des Weltkrieges zusammen. Nicht weil die Deutschen Österreichs ihre Schuldigkeit zu tun unterlassen hätten, sondern deshalb, weil sie außer einer Welt äußerer Feindschaft und Bedrängnis auch noch im Innern Ideen gegen sich hatten, die 1866 noch nicht so mächtig gewesen waren wie 1914. Ob dieser Zusammenbruch wirklich in der Weise erfolgen mußte, daß das alte Reich völlig von der Landkarte Europas verschwand und sein Gebiet der Balkanisierung anheimfiel, dies ist eine andere Frage. Denn es erscheint als eine allzu leicht hingenommene Behauptung, daß der frühere Nationalitätenstaat in seinen Grundfesten morsch und als solcher unmöglich gewesen wäre. Unmöglich war er bloß als Schwerthelfer des Germanentums, und vor allem als solchem wurde ihm auch ein Untergang von seltener Grausamkeit bereitet. Dies darf wohl einmal rückhaltlos ausgesprochen werden, besonders in einer Stunde wie dieser, da es gilt, vor Ihnen, meine Damen und Herren, Zeugnis abzulegen für das neue Österreich. Denn wir Werkleute an dem Aufbau dieses neuen brauchen das alte nicht zu verleugnen. Im Gegenteil, wir wissen genau, daß wir ihm vorläufig noch so ziemlich alles zu verdanken haben, mag auch die Erbschaft, die uns nach ihm eingeantwortet wurde, mit manchem Fluche und Leidwesen belastet sein. Aber es sind auch Werte in der Verlassenschaft, Werte einer ehrwürdigen Kultur und eines besonderen Menschentums, und nur von diesen beiden soll im folgenden die Rede sein.

Da war also ein Reich gewesen, meine Damen und Herren, das drittgrößte in unserem Europa, das nächstgrößte nach Deutschland, und in seinem Herzen, in dem deutsches Blut pochte und deutscher Geist Kulturarbeit leistete, fernhinwirkend bis an die Tore des Orients, in diesen Herzlanden, welche allein das heutige Osterreich bilden, kreuzten einander von altersher die Straßen vom Aufgang zum Untergang, von Mittag nach Mitternacht. Der Erzschritt der Legionen war auf ihnen erklungen genau so wie die Schlachtengesänge der Germanen. Hunnen, Awaren und Türken waren auf ihnen ins Land gedrungen und hatten mit wilden, mordgierigen Waffen gepocht an die Bastionen des Abendlandes. Die Römerzüge deutscher Kaiser nahmen auf ihnen den Weg der Sehnsucht nach dem Süden, der Dreißigjährige Krieg überflutete sie mit seinen zusammengewürfelten Haufen, und dem korsischen Weltreichträumer dienten sie lange genug als Siegeszeilen seiner unwiderstehlichen Bataillone. Und immer wieder geschah es, daß auf dem blutgetränkten Boden, auf dem diese Straßen einander kreuzten, nicht nur um sein *eigenes* Schicksal gerungen wurde, sondern daß hier auch die Würfel fielen über das Schicksal des ganzen Weltteiles, und dies herab bis in unsere Tage, bis zu den Karpathenkämpfen des Weltkrieges, in denen das bereits dem Untergange geweihte, aus tausend Wunden verströmende Osterreich zum letzten Male seine Pflicht tat für Europa. So ist der Österreicher seit Jahrhunderten gewöhnt an das unmittelbare Erleben von ganz großen Vorgängen der Geschichte, deren blutige Rechnung er unzählige Male bezahlt hat, und dies ist das erste Moment, das ihn frühzeitig, wenn auch in einem mehr schmerzlichen und passiven Sinne, über sich selbst erhoben und zum Europäer gemacht hat.

Dazu kommt jedoch noch ein anderes: die Macht der Habsburger reichte im Verlauf ihrer mehr als sechshundertjährigen Regierungszeit weit hinaus über die Grenzen der Erblande. Es hat Zeiten gegeben, da die Sonne in ihrem Reiche nicht unterging. Aber auch noch später beherrschten sie (außer Österreich) Spanien, große Teile Italiens und die Niederlande; und viele ihrer Dynasten, die, wie erwähnt, zugleich auch die deutsche Kaiserwürde innehatten, übten ihre Weltmacht in Österreich aus und residierten in der Hofburg zu Wien. So wurde hier jahrhundertelang Weltpolitik gemacht, und Weltpolitik bringt mit sich *Weltkultur*. Und in der Tat, in welcher Fülle strömte eben diese besonders in der Stadt an der Donau zusammen! Durch das Herrscherhaus gelangten ungezählte Meisterwerke der großen deutschen, spanischen, italienischen und niederländischen Maler, gelangten ungeheure Schätze der Kunst und des Kunsthandwerkes in die kaiserlichen Galerien und Sammlungen und somit in den Volksbesitz. Mit Kleinodien des schaffenden Geistes und der Buchkunst, mit allgemeingeschichtlichen und kulturhistorischen Dokumenten des Okzidents und Orients füllten sich die kaiserlichen Bibliotheken und Archive und wurden so zu unausschöpfbaren Fundgruben der Wissenschaft. Der Wiener Hof lockte Künstler, Gelehrte, Kriegshauptleute und Politiker aus aller Welt an. Aus Welschland kamen die Baumeister und Architekten, die in Österreich Schlösser, Klöster und Kirchen bauten: für die Bischöfe, für den Adel, für das Erzhaus. Die köstliche Blüte des österreichischen Barock entfaltete sich aus der gegenseitigen und glücklichen Durchdringung des südlichen und des bodenständigen Baustiles. So entstand das Barockwunder der herrlichen Bischofstadt Salzburg, so erwuchsen, von Parken und Gärten umblüht oder eingefügt in die ehrwürdigen Gassen und Gäßchen Wiens und der anderen österreichischen Städte, ungezählte Paläste des Adels und eines standesbewußten Bürgertums, das es dem Adel gleichtun wollte. Und wie die welschen Baukünstler, so kamen auch die welschen Theaterkünstler an den kaiserlichen Hof und legten von da aus den Grund zu einer Theaterkultur und zu einer Technik des theatralischen Apparates, die lange ihresgleichen suchten in deutschen Landen. War diese Theaterkultur auch zunächst nicht deutsch und war sie auch vorerst bloß den vornehmsten Ständen vorbehalten – während sich das Volk an den derben und urwüchsigen Spaßen des Hanswurst vergnügte – so schuf sie doch theatralische *Tradition* und bereitete so den Boden vor, aus dem späterhin die deutsche Oper und das deutsche Kunsttheater emporblühen sollten. Denn Wien ist die Stadt, von der aus die »Zauberflöte«, der »Figaro« und später der »Fidelio« ihren Siegeszug über die Erde antraten, und Wien ist die Stadt, in der das erste Nationaltheater der Deutschen schon zu Ende des achtzehnten Jahrhunderts gegründet ward: jene Schaubühne edelsten Stiles, welche unter dem Namen Burgtheater den Ruhm, die erste deutsche Bühne zu sein, noch bis in unsere Tage hinein behauptet hat. Und diesem verschwenderischen Reichtum Wiens an künstlerischen Traditionen und Einrichtungen entsprach der Zustrom schaffender Geister, die teils der österreichischen Erde entstammten, teils von außen her zuwanderten. So lebten hier um die Wende des neunzehnten Jahrhunderts Beethoven, Mozart, Haydn und Schubert als Zeitgenossen und schufen hier, was – abgesehen von den Werken der Frühitaliener und denen Handels und Bachs – fast der ganze lebendige Weltbesitz an klassischer Musik ist. Und das nämliche musikhistorische Phänomen ereignete sich in der zweiten Hälfte des neunzehnten Jahrhunderts, als Johannes Brahms, Anton Bruckner, Gustav Mahler, Hugo Wolf und, nicht zu vergessen, Johann Strauß Sohn zu gleicher Zeit in Wien lebten und hier die höchste Reife ihrer Kunst erreichten.

Aber nicht nur in musikalischer Beziehung war die Stadt ein Mekka schaffender und ausübender Künstler, sondern auch in literarischer bildete sie ein Zentrum. Zwar scharte sich die unsterbliche Blüte deutscher Dichtkunst um den Hof von Weimar, in Wien aber ging den Deutschen die dritte Sonne im Dreigestirne ihrer klassischen Poesie auf: Österreichs größter Dichter und zugleich einer der bedeutendsten der Weltliteratur, Franz Grillparzer! Und mit ihm als Zeitgenossen lebten hier der Diethmarsche Friedrich Hebbel, die Österreicher Johann Nestroy, Ferdinand Raimund, Adalbert Stifter und der Deutschungar Nikolaus Lenau, besonders die beiden letzteren Dichter von einem Formate, daß ihre Werke heute zum Besitz aller Deutschen gehören. Ist dies alles Zufall? Nein, meine Damen und Herren, solche Zufälle in der Geschichte des menschlichen Schöpfergeistes gibt es nicht, und es bedarf ihrer auch nicht, um sie zur Erklärung dieser unerhörten Konzentration kulturbedingter und kulturschaffender Kräfte in Wien heranzuziehen. Denn eben dieses Wien, das mehr als einmal den Einbruch des asiatischen Chaos in die abendländische Kultur aufgehalten hat, eben dieses Wien, von dem aus 1815 die letzte gesamteuropäische Katastrophe vor dem Weltkrieg liquidiert wurde, eben dieses Wien, die Kaiserstadt an der Donau, war zu einer Zeit, da Deutschland sich noch lange nicht seiner gewaltigen Volkseinheit bewußt war, die erste eigentliche Großstadt auf deutschem Boden, ja mehr als dies: neben London, Paris und Rom die deutsche Weltstadt katerochen in Europa. Und in ihr, aber auch sonst in Österreich, unter den Ausstrahlungen ihres politischen und kulturellen Lebens, bildete sich im Laufe der Jahrhunderte ein Typus heraus, den ich am liebsten bezeichnen möchte als den *österreichischen Menschen*. Und von diesem und zu diesem, meine Damen und Herren, lassen Sie mich hiemit vor Ihnen ein Bekenntnis ablegen!

Ja, meine Damen und Herren, ich wage dieses Bekenntnis zum österreichischen Menschen, obwohl ich dadurch mit einer Tradition breche, an welcher der Österreicher bisher, besonders wenn er ins Ausland ging, sehr zu seinem Nachteile festzuhalten pflegte. Jetzt aber, da wir, wieder einmal von vorne beginnend, eine Erbschaft an Kultur übernommen haben, wie sie bedeutsamer nicht sein kann, jetzt aber, da wir im Begriffe sind, dieses kostbare Inventar in unser neues, wenn auch kleineres Haus einzubauen und es zu verwalten, nicht als engherzige Eigentümer, sondern gleichsam als Treuhänder der gesamten kultivierten Menschheit, in diesem wichtigen und hoffnungsvollen Augenblick ist es an der Zeit, der Unart falscher Bescheidenheit und allzu unbedenklicher Selbstpreisgabe zu entsagen und in uns allmählich ein anderes heranzubilden, nämlich das *historische Bewußtsein* und den *Stolz* des Österreichers!

Trotzdem, meine Damen und Herren, wenn ich vom österreichischen Menschen gesprochen habe, so ist damit gewiß nichts Anmaßendes gemeint, ganz gewiß nichts, womit ich ihn gegenüber den Menschen anderer Nationen und Rassen hochmütig abzugrenzen wünschte. Ich wäre nicht selbst Österreicher, wenn ich mich dessen vermäße. Indessen, etwas anderes ist es, von einem Volke bloß aus der Entfernung und sozusagen nur durch Gerüchte zu wissen, die meistens nicht eben aus den reinsten Quellen stammen, und ein anderes ist es, aus seinem Blute hervorgegangen, in seiner Mitte aufgewachsen zu sein und mit ihm sowohl die Tage der Wohlfahrt als auch die Zeiten des Elends durchlebt zu haben. Und da darf ich wohl sagen, daß sich mir gerade in den Stunden der furchtbarsten Prüfung das tiefste Wesen des österreichischen Volkes am weitesten erschlossen hat: eben jenes österreichische Menschentum, welches ein Ergebnis ist seiner besonderen Geschichte, seiner Kultur und seiner natürlichen Anlagen.

Um zuerst nochmals kurz von der Geschichte zu reden: sie hat den Österreicher leben und *werden* lassen in einem Staatswesen, in dem die Deutschen der Zahl nach zwar immer Minorität, ihrer politischen und kulturellen Rolle nach aber das *Führer-* und *Staats*volk waren. So lernte der österreichische Mensch zweierlei: *Psychologie* und das *Dienen an einer Idee*! Denn Führerschaft, wenn sie nicht bloß auf brutale Gewalt gegründet ist – und eine solche war schon durch die Minderzahl der Deutschen in der Monarchie unmöglich! – denn Führerschaft ist immer auch Richterschaft, und diese erfordert hinwiederum ein Über-den-Parteien-Stehen, welches im gegebenen Falle identisch war mit einem Stehen über den Nationalitäten. So lernte der Deutschösterreicher alles, was er in Bezug auf den Gesamtstaat dachte und aussprach, in soundsoviele andere Sprachen übersetzen und begegnete dabei der geheimnisvollen Tatsache, daß jeder Satz der eigenen Sprache, ob auch in der fremden dem Sinne nach gleich, dennoch in dieser nicht nur phonetisch, sondern auch seelisch einen anderen Klang hat. So wurde er zu einem Menschen, der sich hineindenken konnte, ja, hineindenken mußte in fremde, nationale Gefühlswelten, in fremde Volksseelen, so wurde er Völkerkenner, Menschenkenner, Seelenkenner, mit einem Wort: Psychologe. Und Psychologie ist alles! Und Psychologie ist Pflicht im Zusammenleben der Menschen und Völker! Das Unheil, das immer wieder in Gestalt von Kriegen oder Klassenkämpfen die Welt überflutet, es stammt zumeist von dem Mangel an Psychologie, von dem fehlenden *Willen* zur Psychologie, von der Trägheit der Geister und der Herzen, die sich mit bloßen Gerüchten über den anderen begnügen, anstatt ihn zu erkennen und dadurch in seiner Wesensart, in seinen Leidenschaften, Empfindlichkeiten und Ansprüchen zu begreifen. Dieses Erkennen und Begreifen nun ist sozusagen die *historische* Natur des österreichischen Menschen. Freilich bedeutet solche Einfühlungsgabe – und dies muß unumwunden zugegeben werden – in gewissem Sinne auch Hemmung. Denn wer es nicht notwendig hat oder nicht genug Phantasie besitzt sich vorzustellen, was seine eigenen Worte und Handlungen in anderen – denen sie gelten, denen sie vielleicht sogar Gesetz sein sollen! – an geistigen und seelischen Reaktionen auslösen, ein solcher hat es bei weitem leichter, Tat- und Herrenmensch zu sein; *seine* Aktivität ist ungebrochener, sein Wesen ohne Zwiespalt und sein Auftreten entschiedener. Ein solcher Tat- und Herrenmensch nun, besonders in nationaler Beziehung, ist der Österreicher *nicht*. Das mag für das Fortkommen in der Welt, das mag vom Standpunkte nationaler Selbstbehauptung ein Mangel sein, von der höheren Warte reiner Menschlichkeit aus gesehen ist es ein Fehler kaum. Nicht ohne tiefere Ursachen rührt der Ausspruch: »Von Humanität über Nationalität zur Bestialität« von einem Österreicher, von Grillparzer!

Und noch ein anderes, das ich bereits früher erwähnte, hat der Österreicher aus seiner Geschichte gelernt: die besondere Fähigkeit zum Dienen an einer *Idee*. Denn der österreichische Staat der Vergangenheit, er war in einem sublimeren Sinne, als es jeder Staat schon an sich ist, etwas Begriffliches. Er war eigentlich der verdinglichte Herrschaftsgedanke seiner Dynastie und im übrigen bloß ein Konglomerat von vielen verschiedenen Heimaten, aus dem sich der Begriff des gemeinsamen Vaterlandes nur durch einen komplizierten staatsrechtlichen Denkprozeß ergab. Verwirklicht war dieser Begriff des Vaterlandes eigentlich nur im Mitimperium der kaiserlichen Beamtenschaft und in der Einheit der Armee. Daher auch das berühmte Wort des nämlichen Grillparzer an den Feldmarschall Radetzky: »In deinem Lager ist Osterreich!« und daher auch die starke Idealität, die sich von Bürokratie und Armee aus auf das ganze österreichische Volk auswirkte. Wenn Sie dazu noch in Betracht ziehen, daß die Österreicher – mochten im alten Staate auch fast alle übrigen Glaubensbekenntnisse vertreten gewesen sein – in der Mehrzahl dem römischen Katholizismus anhängen, der auch seinerseits eine Schule des übernationalen, auf eine universelle Idee gerichteten Denkens, Fühlens und Dienens bedeutet, so scheinen mir die tiefsten und lebenswichtigsten Wurzeln vom Wesen des österreichischen Menschen bloßgelegt, und es ergibt sich von ihm das folgende, freilich noch immer nur andeutungsweise und im *platonischen* Sinne ideale Bildnis:

Der österreichische Mensch ist seiner Sprache und ursprünglichen Abstammung nach Deutscher und hat als solcher der deutschen Kultur und Volkheit auf allen Gebieten menschlichen Wirkens und Schaffens immer wieder die wertvollsten Dienste geleistet; aber sein Deutschtum, so überzeugt und treu er auch daran festhält, ist durch die Mischung vieler Blute in ihm und durch die geschichtliche Erfahrung weniger eindeutig und spröde, dafür aber um so konzilianter, weltmännischer und europäischer. Und der österreichische Mensch ist tapfer, rechtschaffen und arbeitsam, aber seine Tapferkeit, so sehr sie auch immer wieder Elan bewiesen hat, erreicht ihre eigentliche sittliche Höhe erst, wenn seine leiderfahrene Philosophie in Kraft tritt: im Dulden. Und was seine Rechtschaffenheit anbelangt, so ist sie mehr Gesundheit und Natürlichkeit der Instinkte als moralische Doktrin. Und sein Fleiß wird ihm nicht so leicht zur Fron, die den Menschen aushöhlt und abstumpft und ihn feierabends zu grellen und aufpeitschenden Mitteln greifen läßt, auf daß er seiner gerade noch inne bleibe. Das hängt damit zusammen, daß der österreichische Mensch irgendwie eine Künstlernatur ist und daß seine Methode der Arbeit mehr die der schöpferischen Improvisation und des schaffenden Handwerks geblieben als die der disziplinierten, aber auch mechanischeren Fabrikation geworden ist. Man hat dem österreichischen Menschen, unter anderem auch deshalb, einen gewissen Konservativismus und ein gewisses Zögern gegenüber dem Fortschritt und dem jeweils Neuen nachgesagt, und dieser Leumund hat etwas Wahres in sich. Indessen, wem historisches Bewußtsein und Psychologie zum Instinkt geworden sind, der neigt dazu, nicht gleich in jedem Wechsel der Dinge einen Fortschritt zu erblicken; und wer alte Kultur besitzt, der beruht zu sehr in sich und ist seines Geschmackes viel zu sicher, um in jedem Neuen allsogleich ein Evangelium zu vermuten. Ihm fehlt jene Barbarenfreude am Wertlos-Glitzernden, das sich für kostbarecht ausschreit, die protzige Lust des Kulturparvenüs an den sogenannten Errungenschaften, die zumeist höchstens solche der Zivilisation sind, und er durchschaut so manchen Pofel und Schwindel, auf den die ewig Heutigen, die nur wenig oder keinerlei Tradition über Bord zu werfen haben, pünktlich und reklamegläubig hineinfallen. Mag sein, daß er dabei nicht immer ganz auf der »Höhe der Zeit« einherschreitet, aber er wird dafür auch nicht so leicht und ahnungslos in ihre Abgründe stürzen. Mag sein, daß er das jeweils vorgeschriebene Tempo nicht ganz und gar mitmacht und nicht behende genug mittut im Veitstanze einer immer mehr entheiligenden Zivilisation, aber er wird dafür ein *anderes* bewahren, worauf es denn doch vielleicht einmal noch ankommen wird, wenn die Völker der Erde dereinst etwa nach anderen Maßen als denen der Gewalt-

und Konkurrenzfähigkeit gezählt und gewogen werden sollten: das menschliche Herz und die menschliche Seele! –

Man hat uns Österreicher ein Volk von Phäaken genannt und hat uns damit als zwar liebenswürdige, aber zugleich auch als allzu unernste und genießerische Leute abfertigen wollen, die Gott einen guten Mann sein lassen und spielerisch in den Tag hineinleben. Das mag für manche Abschnitte unserer Geschichte gegolten haben, in denen wir patriarchalisch bevormundet, vom edlen Wettbewerb freier Geister abgeschnitten und auf die bloß sinnlichen Freuden verwiesen wurden. Indessen, welches Volk hätte solche Perioden nicht mitgemacht? Und andrerseits, wenn überhaupt, so galt dies immer nur für gewisse Schichten unseres Volkes und auch in diesen nur für jene Enkelgenerationen, wie sie in aller Welt den Typus des bloßen Erben repräsentieren. Der Großteil unseres Volkes aber war immer regsam, tätig und in seinen Genüssen bescheiden. Nur daß es vielleicht das Wenige, das es zu genießen hatte, seiner ganzen Art nach auskostender, mitteilsamer und heiterer zu genießen wußte, als dies anderwärts der Fall sein mag. Aber hat es deshalb jemals, wenn es aufgerufen wurde von der Geschichte, seine Pflicht verabsäumt? Oder ist unsere Erde nicht bebaut bis an die äußersten Grenzen des Fruchtens? Und sind ihre Kräfte und Schätze nicht genützt und gehoben? Wenn es gewiß auch noch vieles zu nützen und zu heben gilt in dem *neuen* Osterreich! Und dann, meine Damen und Herren, man muß dieses Volk in seinem tiefsten Unglück gesehen haben, in der Zeit, da die Not an jede Türe pochte und der Boden fast unter jeder Existenz schwankte! Die früher zu genießen verstanden hatten, die wußten jetzt ebenso zu entbehren und zu hungern! Und die Verzweiflung der Niedergetretenen, in *diesem* Volke ist sie niemals ausgeartet ins Unmaß der Wut, obwohl es derer genug gab, die seinen Zorn verdient hätten! Denn der Verderber, der Versucher, der Aufwiegler, er hat auch in ihm seine Köder ausgeworfen und seine Schlingen gelegt; aber in der Sündflut von Schmutz und Verwirrung, die jeder Zusammenbruch einer Staats- und Gesellschaftsordnung entfesselt, ist der Wesenskern unseres Volkes unversehrt geblieben, und jene, auf die es letzten Endes immer ankommt in einer Nation, die Priester und Diener an ihrem idealen Gut, sie haben um der Butter aufs Brot willen die Ehre nicht verkauft, sie haben das Brot lieber trocken gegessen. Der Künstler, der Gelehrte, sie haben mit frierenden Händen in schlecht beleuchteten Räumen ihr Werkzeug weiter gehandhabt, und während alles und jedes ringsum zusammenzubrechen drohte, haben Hungerskelette von Senaten unbeirrt das heilige, klare Recht gesucht und verkündet wie in den Tagen des Wohlstandes! Nein, meine Damen und Herren, eine *härtere* Probe auf die Seele und die Kultur eines Volkes wurde noch niemals gefordert, und der sie bestanden, das ist, von allen Geißeln gestriemt, von allen Dornen verwundet und an alle Pfähle geschlagen, der österreichische Mensch! Nur in einem Punkte, meine Damen und Herren, will ich die Märe, daß wir Österreicher Phäaken seien – so leichtfertig sie auch sonst ist! – gelten lassen:

Als der herrliche Dulder Odysseus an die Küste des Phäakeneilandes verschlagen worden war, da begegnete ihm als erste die liebliche Königstochter Nausikaa, labte den Erschöpften, bekleidete seine Blöße und nannte ihm den Weg zum Palast ihres Vaters. Gastliche Ehren erweist der König dem Fremdling, und beim festlichen Mahle gebietet er dem Sänger, »welchen die Völker ehren«. Und dieser rührte die klingende Harfe erst zum heiteren Liede und Tanze, dann aber – nachdem sie sich auch am Wettlauf und Weitwurf erfreut hatten – hub er die Weise an von Trojas Fall und von dem Sterben der Helden:

> »Dieses sang der berühmte Demodokos. Aber Odysseus
> Faßte mit nervichten Händen den großen purpurnen Mantel,
> Zog ihn über das Haupt und verhüllte das herrliche Antlitz ...«

Und ihm, »der den Krieg und die Schrecken der Meere bestanden,« unaussprechliches Leid und unbeschreibliche Irrfahrt, ihm stießt, erschüttert von der Macht des Gesanges, die Träne.

In *diesem* Sinne, daß unser mit allen Gotteswundern der Schönheit begnadetes und von freundlichen Menschen bewohntes Land auch weiterhin ein Eiland des Gesanges sei und daß von ihm die edle Heiterkeit und die starkmütige Ergriffenheit menschlicher Herzen

ausgehe, in diesem Sinne wollen wir Österreicher Phäaken sein und
bleiben!

Von schöpferischer Eingebung und künstlerischer Arbeit

Rede, gehalten in der Akademie der Wissenschaften zu Wien, anläßlich des Tages des Buches am 22. März 1929.

Wer jemals an sich die feurige Stunde erlebt hat, aus der die Umrisse eines neuen dichterischen Gebildes plötzlich da sind wie die gewaffnete Pallas Athene aus dem Haupte des Zeus, dessen Gefühl ist Demut gegenüber dem Unbegreiflichen, das sich gerade ihn zu seinem Werkzeuge ausersehen hat. Man bedenke: die Menschen fühlen, trachten und reden aneinander vorüber, hören einander nur mit halbem Ohre zu, und die meisten wissen kaum, was in jenen vorgeht, mit denen sie oft ein Leben lang *einen* Raum, *ein* Bette und die nämlichen Sorgen geteilt haben. Geschweige denn, daß sie um jene wüßten, die ihrer unmittelbaren Wahrnehmung entrückt sind. Aber *einer* ist unter ihnen, der hört hinter ihre Worte, der sieht hinter ihre Mienen, der deutet ihr Verstummen im Gespräch und ihre flüchtigsten Blicke, und aus einem verkümmerten oder vergifteten Lächeln um die Lippen eines Weibes oder aus der verschütteten Stimme eines Mannes steht vor ihm eine Tragödie auf, gültig nicht nur für diese beiden einzelnen, sondern für viele, ja, für alle Menschen.

Und ein andres: ganze Geschlechter erleben eine und dieselbe Zeit. Zeichen und Wunder geschehen vor aller Augen, doch all diese Millionen sehen die Zeichen und Wunder nicht. Und *wenn* sie sähen, so ahnten sie nicht, von wannen sie kommen und wohin sie weisen. Aber *einer* ist unter ihnen, dem all dies zur Vision und Klarheit ungeheurer Zusammenhänge wird. Von Zusammenhängen, die er festhalten muß mit Mitteln einer Kunst, die ihm auf ebenso unbegreifliche Weise geläufig sind wie die Fähigkeit zu hören, zu sehen, zu fühlen, wo andre taub, blind und stumm sind. Und ein Weltuntergang, eine Zeitwende, eine große Epoche der Geschichte steht ihm plötzlich da, sinnvoll geordnet zu Gesängen oder Kapiteln einer epischen Dichtung.

Und noch ein drittes: ungezählte Menschen aus allen Zeitaltern der Erde haben den Aufgang geschaut am Morgen und den Untergang am Abend, haben die Liebe erlebt, den Stolz des Gelingens, das Leid des Versagens und alle Süßigkeit und Bitternis der Sehnsucht. Viele von ihnen fühlten und fühlen das Unfaßbare, Geheimnisvolle, Ewige, das jenseits dieser Wirklichkeiten und Vergänglichkeiten webt. Ihre Zungen sind schwer von der Fülle dessen, was sie empfinden und nicht aussagen können. Aber *einer* ist immer wieder unter ihnen, dem wie von weither und dennoch aus ureigensten Tiefen plötzlich Worte geschenkt sind, Worte, die sich ihm mühelos und gesetzmäßig, erstmalig und einmalig fügen zu neuen Rhythmen und Gleichklängen, zu einer Melodie von Worten, zu einem Gedicht!

Daß dem so ist, daß dergleichen sich in einem Menschen ereignen kann, während es Abertausenden versagt bleibt, dies ist ebenso wunderbar wie die unversehrte Keimkraft in einem Saatkorn Pyramidenweizens, wie die Vererbung individuellster Anlagen durch ein Protoplasma, wie das Dasein der Erde, wie der Wandel der Sterne. Dank und Antwort derer aber, die von solchem Wunder zum Werke erweckt worden, sei – Arbeit!

Was ist nun, wenn in solchem Zusammenhange von Arbeit gesprochen wird, mit diesem scheinbar so nüchternen und schulmeisterlichen Worte gemeint? Die Antwort, die auch wieder nur in Bildern und Gleichnissen gegeben werden kann, lautet: Ein Erlebnis ist da, gleichviel ob das eines Weltunterganges oder das eines Tautropfens an einer Grasrispe, und ein großes Gewoge hebt an in der Seele des Erlebenden, ein Gewoge von Klängen und Gestalten, von Menschenantlitzen und Menschenworten. Und dann – in einer Stunde, die nicht errufen, aber vielleicht erwacht und erbetet werden kann! – befreit sich ein Strom aus der Umfestigung vieler Hemmungen und Unzulänglichkeiten, und Seite um Seite bedeckt sich mit rauschartig hingewühlten oder mühsam gebändigten Schriftzügen, wie Eimer aus ewigen Brunnen steigen, wie nach einem Diktat von außen, von oben. Dies ist die Eingebung. Ihr Ergebnis: der Entwurf oder gar die erste Niederschrift einer Dichtung. Allein, ist diese auch schon das Werk? Es gibt Schriftsteller, die sich dessen berühmen, aber – an ihren Früchten werdet ihr sie erkennen! Die Wahrheit – wenn es sich nicht etwa bloß um ein kurzes lyrisches Gedicht oder um die Lieblingsszene in einem Drama oder Roman handelt – ist vielmehr die, daß jener erste Strom viel Gerölle der Unfertigkeit, vielen Schlamm des völligen Mißlingens, viele entwurzelte Baumstämme der Nebensächlichkeit und manche verdächtige Gewässer der Zufälligkeit in sich aufgenommen und auf seinem stürmischen Laufe mit sich fortgerissen hat. Er mag dabei an manchen Stellen so klar sein, daß man die Kiesel auf seinem Grunde zählen könnte; er mag an andern von solch gemeisterter Ruhe sein, daß er das innerlich Geschaute fast vollendet wiederspiegelt. Aber *andere* Strecken lang ist er dennoch trübe, oder er zerteilt sich in Seitenarme, tritt über die Ufer, droht zu versickern, und manchmal verschwindet er sogar für eine Zeit unter die Erde. Da ist es nun an jenem, aus dem der Strom sich entfesselt hat, ihn an dieser Stelle auszubaggern und an jener einzudämmen, ihm hier ein Stauwerk einzubauen und seinem Laufe dort das richtige Gefälle zu geben, vor allem aber dafür zu sorgen, daß er klar und frei dahin zurückmünde, von wannen er gekommen ist: in Gott!

Dies ist die künstlerische Arbeit. Ihr Ziel: das Wortgewordene des Werkes durch unerbittliche Selbstkritik, durch Kunstverstand und handwerkliches Können möglichst restlos jener Vision anzugleichen, die am Anfang stand und ein Geschenk der Gnade war. *Diese* Funktion des musischen Schaffensaktes läßt sich allenfalls kommandieren, die Eingebung nicht. Jene ist der menschliche Anteil an dem, was ansonsten rein göttlich wäre. Wir verdanken ihr aber die Versform der Iphigenie und, daß aus dem Urmeister die Lehrjahre und aus dem Urfaust der Tragödie erster und zweiter Teil geworden sind.

Kann dergestalt – die Frage wäre immerhin möglich – schöpferische Eingebung durch künstlerische Arbeit ersetzt werden? Grundsätzlich gesprochen: nie und nimmer! Nichts ist falscher als jener Satz, der besagt, daß Genie Fleiß sei. Denn der Fleiß des Unbegnadeten oder gar des Stümpers bringt doch immer nur lebloses Stückwerk zuwege. Wohl aber hat künstlerische Arbeit jenseits dessen, was sie durch Selbstkritik, Kunstverstand und handwerkliches Können zu leisten vermag, noch eine andere Wirkung:

Sie, die ein rastloses Bemühen und Dienen am Werke ist; sie, die immer wieder die schmerzlichsten Verzichte auf alles fordert, was

menschliches Glück sein könnte; sie, in deren Zuge die Findung
eines treffenden Epithetons das Hochgefühl eines Tages, das ge-
ringste Versagen aber die Höllenfahrten vieler Nächte bedeuten
kann – sie, die künstlerische Arbeit, ist der schöpferischen Eingebung zwar niemals gleichzuhalten, immerhin aber vermag sie es,
dieser den Weg zu bereiten; und sie allein versetzt letzten Endes in
jenen Zustand der Heiligung, ohne den nur allzu leicht die Stunde
versäumt wird, da der himmlische Bräutigam eintritt.

Österreichische Gedichte 1914/15

Das große Händefalten

Ein Gebet für Österreichs Volk und Kämpfer. August 1914

Gewaltiger, dem alle sich befehlen
Und der auch unsrer Feinde Beten wägt,
Ein einzelner für Millionen Seelen,
Versuch' ich mich in Worten, schwer geprägt.

Und bin nicht mehr der abgewandte Dichter,
Der eigener und fremder Wehmut pflag,
Nein, eines Volkes Anwalt vor dem Richter,
Steh' ich vor dir an diesem jüngsten Tag.

Du hast ihn uns herabgesandt auf Erden,
Daß alle Völker, die lebendig sind,
Gezählt, gewogen und befunden werden
Und nichts mehr gelte, was nur Spreu im Wind.

Da nützt es nicht, zu deinem dunklen Walten
Emporzuflehn, daß es uns Sieg verleiht,
Nein, meines Volkes stummes Händefalten
Ist nur gerichtet auf Gerechtigkeit.

Du hast uns kein geringes Pfund verliehen,
Wir haben dieses Pfund vertausendfacht.
Durch unsern Fleiß zu schönstem Ernst gediehen
Ist aller Gegend schmeichlerische Pracht.

Vom ebnen Lande bis zum Gletschereise
Aufschäumt der Saaten goldgedrängte Flut
Und meldet sich zum Zeugen und Beweise,
Daß unsre unverdroßne Arbeit gut.

Jetzt, wo die freundlichen Geräusche schweigen,
Wird jenes große Regen erst bewußt,
Das sonst vom Aufgang bis zum Abendneigen
Dies Land erfüllt mit rüstiger Schaffenslust.

Nun freilich ruhn die wirkenden Maschinen,
Das Feld liegt brach, die flinke Mühle steht,
Denn alle Hände, die da sind, bedienen
Nunmehr des Krieges heiliges Gerät.

Nur hie und da ein einsam Sensendengeln,
Ein Weib, ein Greis sticht müde Erde um,
Und deines Friedens schwergekränkter Engel
Geht weinend durchs verlaßne Heiligtum.

Wir hätten seine Tränen gern vermieden,
Wir lechzen nicht nach Menschenpein und Streit,
Denn was wir sind, sind doppelt wir im Frieden,
Und was wir können, blüht aus Heiterkeit.

Wir sind umwirkt von holdestem Betören,
Die Landschaft sänftigt jeden Sorgenblick
Und ladet ein zu süßem Ihrgehören,
Zu Wein und Liebe, Rührung und Musik.

Musik ist unsrer jungen Menschen Schreiten,
Musik, von allen Hängen jubelt sie,
Und selbst der großen Städte Nüchternheiten
Berückt die allgemeine Melodie.

Das macht das Leben wert, die Herzen weicher,
Die Sinne sein, das Urteil menschlich-mild,
Das macht den Künstler, macht den Österreicher
Und schafft aus Träumern Helden, wenn es gilt.

Denn immer noch, wenn des Geschickes Zeiger
Die große Stunde der Geschichte wies,
Stand dieses Volk der Tänzer und der Geiger
Wie Gottes Engel vor dem Paradies.

Und hat mit rotem Blut und blanken Waffen,
Zum Trotze aller Frevelgier und List,
Sich immer wieder dieses Land erschaffen,
Das ihm der Inbegriff der Erde ist.

Erwäge dies in deinem dunklen Walten,
Unendlicher, der Schmach und Sieg verleiht!
Denn unser großes stummes Händefalten
Ist nur gerichtet auf Gerechtigkeit.

Freiwillige

Ein Gedicht aus den Tagen der Mobilisierung.

Wir waren lange ohne rechten Sinn
Und waren doch da und immer bereit.
Manchem zur Last und niemandem zu Gewinn
Lebten wir hin
In Dumpfheit und Nutzlosigkeit
Und warteten auf unsere Zeit.
Da kam sie, die heilige, über Nacht
Und hat auch uns klar und nützlich gemacht –
Nun sind wir geweiht.

Wir prahlen nicht, daß wir Helden sind,
Wenn's auch an Mut nicht gebricht.
Wir sind nur jeder der großen Mutter Kind
Und lieben der Heimat Wolken und Wind,
Wir sind nur ihr freudiges Ingesind,
Mehr nicht.
Die Zeit, die heilige, über Nacht
Hat sie uns heilig und nützlich gemacht –
Nun sind auch wir: Pflicht.

Was wir träumten, das ist jetzt Wahn.
Von unserm Ich kam uns kein Glück.
Stückwerk war es, kein Stück.
So haben wir es abgetan
Und sind nur mehr:
Zwei Hände für ein Gewehr,
Eine Faust für ein Schwert,
Ein Reiter für ein Pferd
Und ein Herz, das leicht bricht,
Für den Tod, für den Tod –
Mehr nicht.
Das hat die Zeit,
Die heilige Zeit über Nacht

Aus uns armen suchenden Seelen gemacht.
Sie sei gebenedeit.

Ihr Kleingläubigen!

Eine Laienpredigt für Daheimgebliebene.

Oktober 1914

Ihr, die ihr müßig diese Zeit verlungert,
Aus eigner Unkraft aller Kraft mißtraut,
Von einem Zeitungsblatt zum andern hungert
Und vorgekaute Schalheit wiederkaut,
Ihr Unheilseher und Besorgnisstammler,
Ihr Hinterbringer und Gerüchtesammler,
Für euch wird diese Welt nicht neugebaut.

Die, so sie bauen, gehn mit harten Gliedern
Die Feinde an als Engel des Gerichts.
Mit heißen, schlafentwöhnten Augenlidern,
Im heiligen Schweiße ihres Angesichts
Beharren sie in Eisenhagelschauern –
Ihr flüchtet euch in billiges Bedauern
Und matten Wohltuns aufgebauschtes Nichts.

Die tragen Frost und Hunger, Durst und Wunden,
Ihr Tag ist Sterben und Gefahr die Nacht,
Und alles, was der Menschengeist erfunden,
Scheint nur zu ihrer Folter ausgedacht.
Ihr schlaft euch aus und nährt euch mit Behagen,
Und nichts, was jene wagen und ertragen,
Ist euch genug bewältigt und vollbracht.

Die werfen ihre Herzen in die Bresche –
O diese Herzen, männlich, treu und heiß! –
Und waschen fromm die fremde Sündenwäsche
Mit ihrem reinen Blute wieder weiß.
Ihr Krämerseelen und Prozentemacher
Bewinselt euren lahmgelegten Schacher,
Vereitelten Profit und Wucherpreis.

Wer fragt danach? Ein Volk hat sich erhoben
Aus dumpfen Friedens aufgestörtem Schoß
Und wuchtet wie Granit im Schlachtentoben.
Das war ein Aufstehn, schlicht und grenzenlos!
Denn nicht die Furcht vor Galgen und vor Knuten
Treibt dieses Volk, zu fechten und zu bluten,
Nein, eine Liebe, klar, gestreng und groß.

Die selbe Liebe, die im Ölbaumgarten
Vor Gott hinsank, ein Zeichen zu erstehn,
Und, als sich keine Zeichen offenbarten,
Aufschrie: Laß diesen Kelch vorübergehn!
Und dann, geklärt durch Wachen und durch Beten,
Vor Häscher und Verräter hingetreten
Zu unerhörtem, duldendem Bestehn.

Die selbe Liebe, die in Dornenqualen,
Vom eignen Volke preisgegeben, ging
Und, blutend aus den sieben Martermalen,
Am Schächerholze gottverlassen hing,
Indes die Söldner, die die Wache hielten,
Mit rohen Würfeln um den Mantel spielten,
Der dieser Liebe Blöße einst umfing.

Die selbe Liebe, die der Schrecken Böser
Vom Anbeginne ist, weil ihre Kraft
Aus einem wehrlos leidenden Erlöser
Des Jüngsten Tages strengen Richter schafft.
Denn wahrlich, wer es fassen kann, der fass' es:
Der Gott der Liebe ist der Gott des Hasses,
Der kein Erbarmen kennt, wo er bestraft.

Drum ziemt auch uns das göttliche Ereifern,
Das einst mit Zorneswort und Geißelhieb
Die Makler, Wechsler, Käufer und Verkäufer
Aus dem geweihten Hof des Tempels trieb,
Daß in das Opferbringen unserer Söhne
Nicht das Gewirre feiger Stimmen töne
Und eines Marktes schamloser Betrieb.

Daß vor dem Tabernakel höchsten Duldens
Für unser aller Erde, Weib und Kind,
Die tiefe Demut ungeheuren Schuldens
Sich dieses großen Sterbens Sinn verdient,
Und daß im ganzen heiligen Bereiche
Ein jeder jedem dieser Helden gleiche,
Die Wunder wirken, weil sie gläubig sind!

Allerseelen

Ein Requiem für die gefallenen Helden.

Das waren grausam-schöne Sommertage
Und Abende von sanftem Perlenglanz;
Die Wälder rauschten leis, besonnte Schlage
Summten verwirrt von wilder Bienen Tanz;
Hell stand die Flur in goldenem Ertrage,
Und Märkte, Dörfer des geliebten Lands,
Wie hingestreute silberne Geschmeide,
Ruhten an Hügeln, glühten in der Heide.

Und manchmal war ein Garten so versonnen
In seiner Beete blühendem Arom,
Im weiten Tal, von blassem Dunst besponnen,
Umglommen Dächer einen greisen Dom,
Und dann, zu abendlichem Gold geronnen,
Verklärte sich so sehr der heilige Strom,
Daß alle Sinne, die den Frieden schauten,
Beklommen seiner Wirklichkeit mißtrauten.

Und jetzt ist Herbst. Ein Bacchanal von Farben
Feiern die Wälder vor dem großen Frost;
Die Speicher sind gefüllt mit üppigen Garben,
Und in den Keltern gärt schon junger Most;
Über der Stoppelfelder Sensennarben
Geht schon der Winterpflug. O süßer Trost,
Daß unterm Schnee, der bald die Welt bebreitet,
Die Erde neues Fruchten vorbereitet.

Und doch ist rings Unsägliches geworden.
Die große Babel auf dem Scharlachtier
Zerstampft die Acker, stachelt ihre Horden
Zu Blutrunst wider uns und Räubergier.
Ein allgemeines, fürchterliches Morden
Macht Meer und Land zum Menschenjagdrevier,

Und stündlich zur leibhaftigen Erfahrung
Werden die Schrecknisse der Offenbarung.

Ein Traum, ein wirrer Traum! Und wir? Wir leben,
Schlendern durch Straßen, wandern über Moos
Und sehen müde Blätter niederschweben.
Wir nehmen unsre Kinder auf den Schoß,
Dürfen einander liebe Worte geben,
Und kein Tag ist so arm und freudelos,
Daß wir ihn nicht mit kleinem Dank beschließen;
Wir leben ja und dürfen fast genießen.

Nur weil in jeder Stunde, die uns eignet
Und uns mit dieses Herbstes Glut umwirbt,
Für uns ein Tapferer sich selbst verleugnet
Und fremdes Menschenglück für uns verdirbt;
Nur weil sich tausendfacher Tod ereignet
Und jeden Augenblick ein Leben stirbt,
Ein blühendes, damit die Heimaterde
Vor aller Angst und Not behütet werde.

Gedenkt der Toten! Dieser Tag der Schmerzen
War ihnen niemals noch so tief geweiht.
Ein funkelnd Meer von Millionen Kerzen
Entzünde sich an unsrer Dankbarkeit
Und grüße all die ewigstummen Herzen
Von unsrer Liebe und von unserm Leid!
Wir können ihnen keine Blumen bringen,
So laßt uns sie beweinen und besingen!

Legende

Aus dem Alltag des Krieges.

November 1914

Wann war es doch? Der Wald, das Haus, der Stall,
Die alte Scheune, von Moos und Stroh überdacht,
Der Auslaufbrunnen, der treue Hund auf der Wacht,
Der Duft gespaltenen Holzes; und überall
Auf Hängen und Wiesen rings um das Haus
Kamen die gelben und weißen Blumen heraus,
Und Obstbaum an Obstbaum stand, und Wind war
und Blütenfall.

Und dann auf einmal in jeder Ortschaft Fahnen!
Was jung war und rüstig, wurde von ihnen eingeholt.
Und viele Greise waren plötzlich Veteranen
Und trugen Federhüte und Litzen aus welkem Gold.
Der Bürgermeister sprach mit Tränen im Blick,
Bis zum nächsten Bahnhof begleitete die Musik,
Und ein langer Lastzug kam tausendstimmig herange-
rollt.

Und wenn ich nimmer wiederkehr'
Zu Weib und Kind,
Gottes Güte ist wie das Meer,
Gottes Gnade ist wie der Wind,
Treibt jedes Schifflein vor sich her,
Bis daß es seinen Hafen findt.
Lebt wohl, Weib und Kind,
Wir sehen uns nimmermehr!

Und dann im Waggon: Sechs Pferde oder vierzig
Mann.
Tag und Nacht und immer wieder Tag und Nacht.
Und Frauen bringen Wasser und Kinder Blumen heran.
Und Felder und Felder in wehender, goldener Tracht.

Vaterland, Heimatland, noch immer lächelnd in aller
Not!
Wo ist die Grenze, wann ist der Tod?
Vielleicht schon morgen: die Schlacht!

Und die Sonne ist giftig, die Nächte sind furchtbar klar.
Die Sterne zittern vor Frost am Firmament.
Die Füße marschieren, jeder Tag ein Jahr,
Der Gaumen ledern, die Zunge ein hölzerner Keil, der
brennt.
Und jede Stunde wirft einen schwereren Stein
In den Tornister hinein:
Kein Feind, kein End!

Annemarie, mein tapferes Weib,
Deine Hände haben jetzt doppelt zu tun,
Und nachts mußt allein in der Kammer ruhn,
Und ist doch gesegnet dein treuer Leib.
Wer wird dir in deiner schweren Stund'
Über die Stirne streichen und küssen den bleichen
Mund?

Annemarie, mein armes, gesegnetes Weib!
Und da auf einmal – woher, woher?! –
Zehntausend Peitschen über den trottenden Reihn!
Und nirgends ein Feind! Kein Rauch, kein Schein!
Die Hände fiebern am Schloß vom Gewehr.
Ein Gaul bricht aus. Schnell gedeckt und geduckt!
Aber die Hölle, die Hölle spuckt
Ätzenden Abschaum von obenher.
Keine ehrlichen Kugeln, nur Todesgeschmeiß:
Stechfliegen, Hornisse, Gereiß und Gebeiß!
Ein Mensch wälzt sich im Staub und keucht wie ein
Hund.
Schaumfladen quirlen aus seinem Mund,
Seine verdrehten Augen sind zum Bersten weiß.
Und der Feldwebel übernimmt den Befehl.
Zückt den Säbel hoch und brüllt: Sturm!
Und irgendwo soll ein Friedhof sein und ein Turm.

Wer sieht ihn?! Aber – Gott, dir befehle ich meine Seel!
–

Laufschritt vorwärts! Nur Sturm, nur Sturm!

Wer wird führen für euch im Frühling den Pflug,
Weib und Kind?
Es hat mich getroffen, ich hab' genug.
Mein Blut, mein Blut rinnt, rinnt.
Ein schwerer, großer, dunkler Strich
Geht quer durch mich.
Lebt wohl, Weib und Kind!

Nachschrift:

Er hieß Hollerbeck oder Hollubetz.
In der Verlustliste neun oder zehn
Fand man ihn unter den Toten stehn.
Er hatte nicht viel mehr als sein Leben.
Das hat er gehorsam gegeben
Für Eid und Gesetz.
Nur Gott hat ihn sterben gesehn.

Heilige Nacht!

Ein zeitgemäßer Prolog zu einem alten deutschen Weihnachts-spiel.

Dezember 1914

Ihr werten Männer und lieben Frauen
Seid gekommen, ein Weihnachtsspiel anzuschauen,
Das mit kindlicher Einfalt darstellt,
Wie geboren ward der Heiland der Welt.
In heiliger Nacht, wie ihr alle wißt,
Der Chor der Engel erschienen ist
Den Hirten, die da getreulich wachten.
Da ward zum erstenmal Weihnachten.

Es wachte der Hirten einsame Schar
Auf die Herde, so ihnen befohlen war.
Es wachten die Hirten im freien Feld,
Daß kein Wolf den friedlichen Lämmern nachstellt.
Seither sind vergangen fast zweitausend Jahr,
Und noch immer ist die Welt voll Gefahr.
Noch immer ist Heilands Liebe und Spruch
Kaum mehr als der Buchstab' im heiligen Buch.
Und gegen den Frieden, der ward verkündigt,
Wird noch immer gefrevelt und gesündigt.

Der Lump, der faulenzt, borgt und säuft,
Nach des fleißigen Mannes Habe greift.
Der Krämer, der seine Kundschaft verliert,
Nach des ehrlichen Kaufmanns Leben giert.
Der Bube, der Mörder dingt und zahlt,
Den Rächer anklagt der Gewalt.
In Lüften, auf Erden und auf dem Meer
Muß der Gerechte sich setzen zur Wehr.
Zum Morden, Brennen, Wüsten und Schänden
Anrennt der Böse aller Enden.
Doch nützt ihm nichts sein grausig Gebärden,

Wir sind keine lammsfrommen Lämmerherden.
In unseren Arbeitern, Bauern und Bürgern
Erweckte der Herr ein Volk von Würgern.
Aus der zärtlichen Obhut der Frauen und Mütter
Brechen sie vor als ein Ungewitter,
Und wie Flammenregen und Sündflut
Kommt über den Feind unser Blut, unser Blut!
Auf daß der Haß, der nach uns gezielt hat,
Für lange ausgetobt und ausgespielt hat,
Auf daß sich uns wieder die Engel zeigen
Mit Allelujah und himmlischen Geigen,
Und die Völker der Botschaft teilhaftig werden:
Friede, Friede den Menschen auf Erden!

Doch bis es so weit ist, ihr Männer und Frauen,
Seid stark und geduldig und laßt uns vertrauen!
Wollen nicht wie die unartigen Kleinen,
Was sich nicht gleich fügt, beweinen, begreinen.
Wollen nicht nach sauren Früchten greifen,
Nein, lieber abwarten ihr süßes Reifen,
Damit nicht des Friedens köstliche Labe
Am End' einen bitteren Nachschmack habe,
Damit wir nicht mit beschämtem Gewissen
Den Waisen der Helden bekennen müssen:
Für Halbes sind eure Väter gestorben,
Die Lebenden haben's den Toten verdorben!

Denn alles, was wir gedenken und tun,
Darf fürderhin nur auf dem *einen* beruhn:
Daß wir vor den vielen Augen bestehen,
Die jetzt von Tränen übergehen.
Sonst würde in unseren Herzen auf Erden
Wohl nie der verheißene Frieden werden.

Infanterie!

Ein Gedicht, gewidmet dem Volke in Waffen.

Juni 1915

Ihr schweren Dragoner und wilden Husaren,
Die wie Keulen schmettern, wie Windsbraut hinfahren,
Ihr kühnen Sappeure und ihr Kameraden,
Die die fernhinzermalmenden Schlünde entladen,
Ihr Helden am Hörrohr, ihr Wolkendurchdringer,
Patrouillenreiter und Kundschaftbringer,
Ihr alle, Blutsbrüder insgesamt,
Vom Teufel besessen, von Gott entflammt,
Bald seid ihr die ersten, bald seid ihr die letzten,
Die Sturmvorbereiter, die Rückzugdecker,
Die zähen Verfolger, die jähen Vollstrecker,
Doch wir sind die überall Eingesetzten:
Wir Frontenanrenner, wir Flankenumgeher,
Wir Hingemähten und selber Mäher,
Wir immer Bedrohten, wir immer auf Wacht,
Wir kämpfen die Urform der Männerschlacht,
Wir eisernen Würfel der Strategie,
Wir, Mann gegen Mann, wir Infanterie!

Als Gott uns aufrief zum großen Morden,
Da legten wir unser Werkzeug hin,
Und mit dem selben gelassenen Sinn,
Mit dem wir den Pflug oder Hammer rührten,
Die Feder regierten, die Bücher führten,
Sind wir einfach Soldaten geworden.
Viel ist es ja nicht, was wir haben müssen,
Um für das grimmige Handwerk zu taugen:
Zwei atmende Lungen, zwei sehende Augen
Und Kraft und Beharren in Armen und Füßen
Und Herzen, die mutig zu brechen wissen –
Und dies, Gott weiß es, verstehen sie,
Die tapferen Herzen der Infanterie!

Die heilige Erde, die wir geackert,
Die Pulte, an denen wir uns gerackert,
Und die Maschinen, die zu bedienen
Wir uns geschunden bei Tag und Nacht,
Haben auch sonst uns nicht reich gemacht.
Unsere Weiber müssen sich fretten,
Welken in Arbeit und Wochenbetten,
Unsere Kinder erlernen früh
Selberverdienens sauere Müh'.
Und dennoch geben wir zu Millionen
Für die Heimat, die wir bewohnen,
Für die paar lächelnden Sonntagsstunden
Ströme vom Blute aus unseren Wunden
Und füllen furchtbar Gräber und Graben
Mit andern, die's auch nicht besser haben:
Arm gegen arm! Menschen wir und sie!
Infanterie gegen Infanterie!

Einst aber, wenn sie mit tausend Glocken
Über die Gräber unserer Helden
›Friede den Menschen auf Erden!‹ frohlocken,
Werden auch wir uns zum Worte melden!
Wollen den Schwur und die Pflicht, die wir taten,
Nicht etwa verleugnen oder verraten,
Soldaten sind wir und bleiben Soldaten!
Nur daß wir die Feinde dann aller Orten,
Wo sie die Früchte blutiger Saaten
Uns verkümmern oder vergällen,
Suchen werden, finden und fällen!
Wir, die Pflüge, die Schollenaufwerfer,
Wir, die Fabriken, die Städte, die Dörfer,
Wir brausenden Züge, wir stauenden Wehre,
Wir, die frachtenden Flüsse und Meere,
Wir, aus Herzen, Gehirnen und Händen,
Wir, aus erdebevölkernden Lenden
Rastlos wirkende Energie!
Wir, die Schwerter der Weltgerichte,
Wir, die Taten der großen Gedichte,

Wir, die Glorie, wir, die Geschichte,
Wir, die ewige Infanterie!

Nachher

Glockenspruch

Inschrift auf der den Gefallenen des Weltkrieges im Jahre 1921 gewidmeten Heldenglocke im Karner bei St. Othmar zu Mödling.

Aus Herzen, die das große Leid versteint,
Geschmolzen hat der Meister meine Speise;
Ich bin der Witwe Kreuz, das Brot der Waise,
Das Tränensalz, aus Mutteraug' geweint.
Ich bin der Liebe ewiger Verzicht,
Der ungetanen Lebenswerke Jammer,
Ich bin die Glocke, und ich bin der Hammer
Und wecke Gott, wenn's Zeit ist zum Gericht.

Aufruf

an die Bürgerschaft Mödlings zur Errichtung eines gemeinsamen Grabdenkmales für eigene und fremde Tote des Weltkrieges.

Allerseelen 1922.

Mitbürger!

Es war der Wunsch des Oberhaupts und Rates unserer Stadt, daß es die Stimme des Dichters sei, die zur Erfüllung einer Ehrenpflicht rufe. So erinnere ich denn in diesen Gedächtnistagen der Toten euch Lebendige an die Männer unserer engeren Heimat, die für uns starben.

Ein Heiliges und Gewaltiges ist es um das Lebensopfer von Menschen. Es schlage jeder an seine Brust und frage sich, wie viele der Güter es sind, für die er bereit wäre zur Hingabe seines Lebens. Und es werden immer nur jene sein, um deren willen Männer zu sterben wissen seit Jahrtausenden: Vaterland, Ehre, Frauen und Kinder.

Das Vaterland, das ist die traute Erde, der wir entstammen und durch Denkens- und Händearbeit das Zeichen unseres besonderen Wesens aufprägen. Die Ehre, das ist das reine Kleid der Seele, in dem wir einhergehen vor Gott und den Menschen. Die Frauen, die sind der Frieden des Herdes, in den unser schweifendes Trachten immer wieder einkehrt zu stärkender Ruhe. Und die Kinder, die sind uns die Wahrzeichen erfüllter Stunden, die künftigen Väter und Mütter, das Vaterland von morgen.

Diese vier ewigen Dinge waren es, um deren willen auch die Männer unserer engeren Heimat sich bereitfanden, ihr Leben zu wagen; und so manche von ihnen sind geblieben in dem Kampfe mit anderen Gatten und Söhnen, in dem Ringen mit den Streitern anderer Vaterlande und mit anderen Blutzeugen der Ehre. Nun aber deckt sie alle dieselbe Erde, und draußen vor der Stadt, im Zypressengarten unserer Toten, soll ein und derselbe Mauerkranz ihren brüderlichen Schlaf umfrieden und ein und derselbe Gedenkstein die Gräber von Freund und Feind überragen.

Liegt es der menschlichen Art auch nahe, mehr als Tat und Opfer den Erfolg zu verherrlichen, Tat und Opfer sind darum nicht geringer, weil sie uns in der Not der Tage Befangenen vergeblich scheinen. Wir kennen den Ratschluß nicht, nach dem sich unsere Geschicke vollziehen, und das Wort Vergeblichkeit ist nur ein Maß des Augenblicks. Und auch dies ist nicht entscheidend, daß jene kämpften unter Befehlen, die uns nicht mehr gebieten, unter Fahnen, die uns nicht mehr wehen. Es ist was Großes darum, zu gehorchen und dienend zu sterben für eine Sache. Und ihnen war sie heilig. So sei auch uns ihre Tat und ihr Opfer darum nicht geringer. Und keiner von uns nehme sich aus von der Zollpflicht der Liebe; denn auch jene, die für uns sterben gingen, haben keinen von uns ausgenommen von der Ernte ihres Vollbringens.

In diesem Sinne leihe ich die Kraft meiner Bitte dem Wunsche getreuer Lebendiger und dem Andenken der Toten.

  A. W.

Österreichisches Lied

Für Männerchor und großes Orchester in Musik gesetzt und dem
Wiener Männergesangverein gewidmet 1929 von
Richard Strauß.

Wo sich der ewige Schnee
Spiegelt im Alpensee,
Sturzbach am Fels zerstäubt,
Eingedämmt Werke treibt,

Wo in der Berge Herz
Dämmert das Eisenerz,
Hammer Gestein zerstampft,
Zischend die Schmelzglut dampft,

Wo durch der Ebene Gold
Silbern der Strom hinrollt,
Ufer von Früchten schwillt,
Hügelan Rebe quillt,

Wurzelheil, Kraft im Mark,
Pflichtgewillt, duldensstark,
Einfach und echt von Wort
Wohnen die Menschen dort.

Pflügerschweiß, Städtefleiß
Hat da die rechte Weis,
Was auch Geschick beschied,
Immer noch blüht ein Lied.

Osterreich heißt das Land!
Da er's mit gnädiger Hand
Schuf und so reich begabt,
Gott hat es liebgehabt!

Über den Autor

Anton Wildgans, geboren am 17.04.1881 in Wien, gestorben am 03.05.1932 in Mödling; Jurist; leitete 1921/23 und 1930/31 das Wiener Burgtheater; schrieb vom Symbolismus beeinflusste Gedichte, sowie zunächst naturalistische, dann lyrisch-expressive Dramen.

Über tredition

Eigenes Buch veröffentlichen

tredition wurde 2006 in Hamburg gegründet und hat seither mehrere tausend Buchtitel veröffentlicht. Autoren veröffentlichen in wenigen leichten Schritten gedruckte Bücher, e-Books und audio-Books. tredition hat das Ziel, die beste und fairste Veröffentlichungsmöglichkeit für Autoren zu bieten.

tredition wurde mit der Erkenntnis gegründet, dass nur etwa jedes 200. bei Verlagen eingereichte Manuskript veröffentlicht wird. Dabei hat jedes Buch seinen Markt, also seine Leser. tredition sorgt dafür, dass für jedes Buch die Leserschaft auch erreicht wird.

Im einzigartigen Literatur-Netzwerk von tredition bieten zahlreiche Literatur-Partner (das sind Lektoren, Übersetzer, Hörbuchsprecher und Illustratoren) ihre Dienstleistung an, um Manuskripte zu verbessern oder die Vielfalt zu erhöhen. Autoren vereinbaren direkt mit den Literatur-Partnern die Konditionen ihrer Zusammenarbeit und partizipieren gemeinsam am Erfolg des Buches.

Das gesamte Verlagsprogramm von tredition ist bei allen stationären Buchhandlungen und Online-Buchhändlern wie z. B. Amazon erhältlich. e-Books stehen bei den führenden Online-Portalen (z. B. iBookstore von Apple oder Kindle von Amazon) zum Verkauf.

Einfach leicht ein Buch veröffentlichen: **www.tredition.de**

Eigene Buchreihe oder eigenen Verlag gründen

Seit 2009 bietet tredition sein Verlagskonzept auch als sogenanntes "White-Label" an. Das bedeutet, dass andere Unternehmen, Institutionen und Personen risikofrei und unkompliziert selbst zum Herausgeber von Büchern und Buchreihen unter eigener Marke werden können. tredition übernimmt dabei das komplette Herstellungs- und Distributionsrisiko.

Zahlreiche Zeitschriften-, Zeitungs- und Buchverlage, Universitäten, Forschungseinrichtungen u.v.m. nutzen diese Dienstleistung von tredition, um unter eigener Marke ohne Risiko Bücher zu verlegen.

Alle Informationen im Internet: **www.tredition.de/fuer-verlage**

tredition wurde mit mehreren Innovationspreisen ausgezeichnet, u. a. mit dem Webfuture Award und dem Innovationspreis der Buch Digitale.

tredition ist Mitglied im Börsenverein des Deutschen Buchhandels.

Dieses Werk elektronisch lesen

Dieses Werk ist Teil der Gutenberg-DE Edition DVD. Diese enthält das komplette Archiv des Projekt Gutenberg-DE. Die DVD ist im Internet erhältlich auf **http://gutenbergshop.abc.de**